숲속의 방

모아드림 기획시선 113

숲속의 방

여종구 시집

모아드림

계절은 어김없이 찾아와 언 땅을 녹이고 뾰족이 내밀던 꽃이파리가 교태를 부리는가 싶더니 어느덧 자기 할일을 다한 듯 고개를 떨구며 겸손을 말해줍니다.

곁에 서있던 나무들이 이때다 싶게 푸르름으로 자만을 하며 폼을 한껏 내어 나를 봐달라고, 나를 보라고 손짓하면 사람들은 어느 사이 꽃이파리 자태에 매료되어 보내던 찬사가 이제는 초록물결에 눈길을 보내며 감탄을 마지못합니다.

그 푸르름이 모자라는지 들녘마저 푸른 파도를 칠 즈음 귓전을 때리는 매미소리는 고즈넉한 시골 마을의 정적을 깨트립니다. 마루 밑 삽살개 게슴츠레한 눈으로 먼 산보고 절을 하는 사이 고추잠자리 맴을 돌고 하늘하늘 코스모스 아가씨 자태를 뽐내며 허리를 길게 늘어뜨립니다. 그즈음 들국화 함께 이슬을 맞고 그 푸르름을 자랑하던

의기로움으로 울긋불긋 예쁘게 수를 놓아 산천을 물들이면 푸르렀던 들녘도 황금물결을 일렁이며 자기 몫을 다한 듯 고개 숙입니다.

그 화려하던 모습들은 어느 사이 앙상한 뼈만 남게 되니 사람들의 황량한 마음을 달래주기 위하여 하늘에선 가끔 은색가루를 뿌려 주지요. 이렇게 계절은 어김없이 찾아와 언 땅을 녹여 주고 연륜을 보태주지만 한 번 간 제 동생은 돌아올 줄 몰랐습니다.

동생이 떠나고 1년이 되던 해 고향엘 가면 어디선가 누나! 하고 반길 것 같은 마음이었는데 그는 보이질 않고 그가 떠나던 해와 똑같이 하늘만 높았습니다.

먼저 하늘나라로 떠난 내 사랑하는 동생 여종구 시인을 그리워하며 긁적여둔 두 편의 졸시로 서문을 대신합니다.

2008년 2월
여명희

사랑은 아픔

여명희

사랑은 아픔입니다
눈으로 보고
내가 아파야 하니까

사랑은 아픔입니다
그를 돌봐주고
자신처럼 생각해야 하니까

사랑은 아픔입니다
그가 내 가슴속에서
사랑이 되어야 하니까

사랑은 아픔입니다
아픔으로 해서
내 눈에 눈물이 고이니까

사랑은 아픔이랍니다
많이 아플수록
내 가슴이 사랑이 되므로

가을

여명희

나는 가을을 사랑했었습니다
코스모스가 속살거리는 가을
고추잠자리 하늘을 수놓는 가을
누우런 들녘이 물결치는 가을
한 움큼 꽉 잡으면 시퍼런 물이
뚝뚝 떨어질 것 같은 가을
그러나 지금은…
쳐다보는 것이 겁이 납니다
이렇게 좋아하는 계절에
아홉 살이나 적은 외아들이자 하나뿐인
내 남동생은 서른두 살이란 젊은 나이에
하늘나라로 갔으니까요
그 날도
시퍼런 물이 투두둑 떨어질 것만 같았고
솜털 같은 구름이 하늘을 유유히 방황하던
그런 날
아무 말 한마디 남기지 않고 하늘나라로 갔습니다
이름이 알려지지 않은 무명시인인 동생
글쓰기를 좋아하고 작은 일에 가슴 아파하며

죽으면 이름이 남는다던
그 동생은 작은 시집 한 권과 일 점 혈육을 남기고
영원한 고향으로 갔습니다
때로는 우수에 젖고 남들은 소극적이라지만
모든 일에 완벽하고자 했던 동생이
고향땅으로 간 그 가을이
요즈음 날씨와 달리 서글프기만 하군요
한권의 시집을 바랐던 동생의 글이
유고집으로 바뀌어야 하지만
아름다운 계절에 떠난 그가 고향땅에서는
그림을 그리고 있을까요?
시를 쓰고 있을까요?

차 례

서문

제1부

제2부

제3부

제4부

제1부

말 1
— 황소

세상엔 죄도 죄도 많아
힘없고 돈 없는 놈 멋모르고 설치면 무조건 죄
눈 크고 수수깡처럼 키 큰 놈만 순결해
우리에겐 좆같은 원죄라는 게 있어
죽을 때 까지 땀 흘려야 해 피 흘려야 해
일하지 않으면 천년만년 죄 씻을 길 없어
봄 여름 가을 겨울 밭 갈기 논 갈기 볏짐 나르기 두엄
쌓기
사시사철 시든 나물 몇 조각으로 빈 배를 채우고
이 무거운 하늘을 양 어깨에 지고 돌밭 쇠밭 가리지
않고
뚫고 나가야 해 밀고 나가야 해
그래도 우리에겐 강철 같은 다리와 튼튼한 가슴팍이
있어
장애물을 볼 때마다 뜨거운 피가 혈관을 타고 흘러
이 척박한 땅에 네 발 꼿꼿이 굳히고
불도저같이 밀고 나가는 뚝심이 있어
코뚜레 매고 있다고 우리의 자유마저 구속된 건 아냐

우리가 버티고 선 땅은 밧줄 하나로 묶을 수 없어
두 발로 서기엔 아직도 세상은 너무 넓어
도살장에서 망치가 정수리에 와 닿을 때까지
우리의 삶은 뿌리부터 뒤엉켰지만
죽기 전에 노래라도 한 번 불러 보고파
반만년 이 역사를 맨몸으로 일군 게 누군데
비록 사지 떨고 목 깔고 죽어도
우리의 죄는 씻겨지지 않아
죽어서도 흙 속에 묻힐 수 없어
온몸이 갈기 찢겨 죄 값을 지불해야 해
그래도 후손들은 이 지상에 두 눈 부릅뜨고 살아 있어
이 척박한 땅에 네 발을 곤두세워
오늘도 우리의 삶을 쟁기로 썰고 있어

말 2
— 돼지

우리의 삶의 공간은 두 평 남짓
아직도 우린 울타리 밖을 넘어 본 적이 없지만
울타리 너머에는 자유가 있다는 것과
번뜩이는 눈과 칼날 벼른 이빨들이 도사린 것도 알아
하루 세 번식 한 끼의 양식을 위해
주인이 넘나들 문틈으로 파고 들어온 바람을 만나
세상 풍문을 듣곤 하지만
그것만으로 공복을 채울 수 없어
세인은 우리보고 식충이라 욕하지만
우리가 언제 찬밥, 더운밥 가린 적이 있어
내 뱃속엔 용광로 같은 위장 벽이 있어서
무쇠라도 삼키고 살 붙이는 재미로 살아가고 있는 거야
사실 말이지
이 세상엔 우리보다 더 먹고 사는 놈이 얼마나 많아
삼천 억이나 삼키고도 배탈 나지 않는 장××부부
부도내고 달아난 사장님 네
청탁 배격 내어걸고 뒷손보다 외국으로 줄행랑친 고
관님들

그들 대면 얼마나 배짱 편해, 순결해
우리들이야 마냥 먹고 싸곤 하지만
어디 그것이 폐기물인가
다 올 농사 잘되게 밑거름으로 쓰이는 거야
또 이 몸뚱아리 하나로 얼마나 많은 사람이 입질하는데
내 이 군입들 채우려고 번식도 많이 하지
내 비록 2평 울타리 속에 갇힌 몸이지만
결코 죽음을 두려워하지 않아
그래도 내 핏속엔 멧돼지의 정기가 서려 있어
달무리 진 밤이면 살점 떨리는 소리 듣곤 하지만
안으로 안으로 침묵을 삼키고 있을 거야

말 3
— 망부석

내 이 땅에 두 발로 딛고 선지 천 삼백년
비바람에 씻기고 씻겨도 두 눈 부릅뜨고 살아남아
가슴속 깊숙이 맺힌 한 풀기 전에 겨울 산처럼
녹아 버릴 수 없어
한 많고 시름 많은 세월 등지고 서 있노나니
내 낭군은 고구려 사나이
태백 뫼 힘줄 타고 태어난 온몸에 정기가 가득
처자식은 내어줄 수 있어도 나라만은 못 내준다며
A, D 666년 북변에 오랑캐 끓자
말구종 되어 만주로 떠나기 전
해가 세 번 바뀌어도 내 돌아오지 않거들랑
이 초토에서 싸우다 죽은 줄 알고
아이들 발목에 말발굽 챙겨 이 땅 한 치도
적이 넘보지 말게 하라고 하여
뒷 뫼에 올라 이 나라 부강케 해달라고
두 손 모아 내 낭군 돌아오게 해달라고 빌었거늘
적은 남쪽에 있어 내 선조 피땀 흘린 땅 무너지니
낭군 잃은 것도 설운데 나라마저 잃어

우리 낭군 혼백이라도 돌아와 잃은 땅 되찾게 해달라고
두 손 모아 정성들이다가 이 몸뚱아리 돌덩이로 굳어
여기 이렇게 두 눈 감지 못하고 서 있노나니
해가 바뀌고 바뀌어도 빼앗긴 땅 되찾을 길 막연해
진달래 피는 봄에는 소쩍이처럼 피를 토하며 울부짖다가
궂은 여름날에 승천하지 못한 이무기로 떠돌다가
가을날에는 갈대로 서걱이기도 하지만
이 추운 긴긴 겨울 배고픔이 한이 되어
두 눈알 빼먹고 살아남아
여기 이렇게 시퍼렇게 이끼 낀 몸뚱아리로 살아 있으니
어느 하 세월에 내 멍든 가슴 풀어 줄자가 있어
화살이 지나가고 총알이 비껴간 몸뚱아리 어루만질 자
가 있어
이젠 남아있는 내 땅마저 남의 땅이 되고
있는 땅마저 쪼개어져 있는데
도대체 찾는 자는 누구이며 잃은 자는 누구인가
빼앗은 자는 누구이며 빼앗긴 자는 누구인가
밤마다 구천 못간 혼백들 내 주위에 모여 들어

있는 땅마저 쪼개어져 있는데
도대체 찾는 자는 누구이며 잃은 자는 누구인가
빼앗은 자는 누구이며 빼앗긴 자는 누구인가
밤마다 구천 못간 혼백들 내 주위에 모여 들어
하소연해 오는데
내 차마 설워서 눈 못 감아
지금도 이 몸뚱아리 위로 세척되지 않은 바람이
누적되어 오는데
아직도 내 귓전에 옛 고구려적 말발굽 소리가 요란한데
아직도 내 귓전에 옛 고구려적 말발굽 소리가 요란한데

말 4
― 아부지

울아부지 소작농이었다
올 봄 여름 내내 논밭에서 피땀 흘려 일하여
가을에 소출하면 절반은 남의 것
그것만으로 모자라
지주 댁 큰 대문 전 들며 날며 허리 굽혀
다음에도 논밭을 소작케 달라고
정월이라 대보름
잔에 달이 찰 때로 찬 술판에도
아부지는 문전에서 술시중을 들고 있었다
지주 놈 술 취하면 울 집 들려 주정부려
장독이 깨어지고 문짝이 부숴지고
아부지 어머니 뺨때기 불나기 일쑤
우린 마냥 잡초처럼 짓이겨졌다
나는 이 모든 것이 싫어
중학교 2학년에 뛰쳐나와
장전 돌며 배운 것은 욕지거리와 주먹 쓰는 법
 두고 봐 지주 놈 언젠가는 내 이 두 주먹으로 요절을
낼 테니까
 겨울 한파 천막 속에서도 이를 갈고 칼을 갈았다

고향으로 돌아오던 날은 정월 대보름
겁먹은 달이 먹구름 속에 숨고
살기 띤 바람이 동행하였다
지주 놈 본 순간
온몸에 근육이 불기둥처럼 벌겋게 달아올라
어느새 내 손엔 낫자루가 쥐어졌고
지주 놈 겁에 질려 뒷간에 숨었지만
어물전 비릿한 냄새가 콧전에 꽂히면
난 승냥이처럼 이빨을 번들거렸다
아부지는 면회실에서
내 두 손에 잠긴 쇠고랑을 보며 울먹였지만
난 아부지의 그런 모습이 더욱 싫었다
아부지 두고 보세요
내 이 철창문을 나오면 세상에 거들난 놈
하나하나 없애버릴 테예요
우리가 왜 짓밟혀야 하냐구요
보세요
나에겐 아직도 튼튼한 두 팔과 두 다리가 있어
잡초처럼 짓밟힌 만큼 일어설 거예요

말 5
— 억쇄풀

누가 나를 가리켜 억쇄풀이라 불렀던가
모질고 모진세상 모질게 살아와서 억쇄풀인가
억센 사내들 팔뚝골에 칼날이 서도록
억세게 버티어서 억쇄풀인가
내 비록 이 몸뚱아리 초라해도
봄이면 미풍에 씻겨 날리다가도
돌밭 쇠밭 가리지 않고 뿌리를 깊이 내려
세파에 시달릴지언정
뿌리 채 뽑힌 적이 없어
이 대지를 안고 부둥켜안고 누웠으니
잡초는 짓밟힌 만큼 일어선다지만
난 온몸으로 칼날을 세워
시퍼렇게 날이 선 낫자루에
온 몸으로 비비는 뜨거운 사랑
가냘픈 허리마디 잘려 나갈수록
더욱 깊이 뿌리를 내릴지니
우리는 한 몸 한 덩어리
한세상 한 시간 속에 얼키고 설켜 있어

결국 남남이 아냐
겨울이 되어 팟팟한 줄기 뜬 눈으로 지새우다가도
봄이 되면 이산저산 어디든지 뿌리를 내려
더욱 단단하게 생명을 내릴지니
억울한 세상 짓밟힌 세상
분노로 칼을 세워 살아남았으니
억센 사내들 아무리 낫자루질 곡괭이질 해도
이 땅을 더욱 뜨겁게 뜨겁게 안고 누워
사내들 팔뚝 골에 핏발이 서도록 버티니
그래서 억쇄풀이라고 부르는가
　—아니면 쇠풀로도 아니 쓰이고 땔감으로도 쓸 수
없어
　억장받아 억쇄풀인가

사막에書 1

터벅터벅 걸어서 갔다
발바닥이 지표면에 부딪치자
잿빛 먼지 사이로 파란 불 꽃들이 일어났다
놀란 듯 종아리는 푸른 혈관을 움찔거렸지만
오랜 관습에 길들여진 관절은
무관심한 표정으로 일정한 보폭으로 거리를 넓혔다
좁혔다
갈색등이 아름답다
한 방울 수증기라도 아끼려는 듯
숨구멍이란 숨구멍은 모두 닫아 놓고
장대비처럼 쏟아지는 빛의 광선을
윤기 있는 등으로 미끌어뜨린다
선인장 속에서 푸른 물소리가 들린다
후두둑 떨어지는 죽음의 빗살
목구멍 속 깊숙이 박힌 가시를 기억하며
터벅터벅 걸어가는 갈색 등이 아름답다

사막에書 2

사막을 닮아간다
꼭 다문 입술
깔대기마냥 은밀하게 여닫는 코
완만하게 누워 있는 사구마냥
웅크린 채 앉아있는 뒷모습이
점점 사막을 닮아간다

오랜 기다림 탓인가
빛바랜 사진첩을 옆에 두고
바람 한 톨 없는
아삭아삭 으스러지는 햇살아래
흩날리는
검게 타버린 눈동자
검게 타버린 사랑
사막 같다

사막에書 3

보이지 않는다
대상도
낙타도
사구밖엔
아무것도
아무것도

그런 날은, 잠자리에 들면
등이 아팠다
담이 든 것도 욕창이 생긴 것도 아닌데
딱딱한 그 무엇인가가 느껴졌다.

작고 단단한
검은 돌 같은

사막에서書 4

— 꿈을 꾸면 꿈속으로 검은 모래들이 탄알처럼 몸속으로
  박혀 들어왔다

부끄러웠다
잠자리에서 깨어나면

그때, 어머니는 봉당 앞에 앉아
검은 깨를 털고 있었다
한 번씩 손을 흔들 때마다
검은 깨들이 봉당 속에서 까르르 웃고 있었다

부끄러웠다
머리카락 속에서 서캐를 훔치거나
때 절은 속옷을 제키고 이를 잡다보면
부끄러움이 불쑥 등
을 떠밀고 자라나기 시작했다

불거진 혹, 혹은 낙타 잔등

사막에書 6

주둥이가 유난히 발달한 모기가
잠시 방심한 사이
어깨 죽지를 핥고 지나갔다
가려움을 동반한 통증이
몇날 며칠을 불면과 신경질을
불러일으켰다
긁어서는 되지 않으리라
상처 난 부위에 피고름이 흐르면
파리들을 기다렸다는 듯이
교미를 하고 알을 낳는다

사막에書 7

나 이제 떠나면 정처 없으리라
세상의 길들이란
길은 모두 눈과 귀를 덮고
이정표 없는 도시로 향하리라

나 이제 떠나면 적막해지리라
세상의 집들이란
집은 모두 빗장을 닫고
겨울잠을 자는 짐승의 숙면을 취하리라

나 이제 떠나면 아득해 지라라
물 아지랑이처럼 피어오르던
옛사랑의 기억도 눈가에 번져
모래위에 찍어놓은 발자국처럼 멀어지리라

또다시 사막에書

돌아서면
쉽게 지워져 버리는 길이라는 것을
애써 시간의 흔적이라도 찾을라치면
텅 비워있는 기억의 한켠에서
검은 눈, 눈들이 눈알을 부라리며
모래의 기억을 파 올리고
또 다른 기억의 한켠에서는
검은 먼지들이 불어와
애증의 단층을 쌓는데
돌아와, 이제는 메마른 몸뚱아리로
돌아와, 사구 한가운데
검게 그을은 육신을 식힐 수만 있다면

어둠의 나라에서 1
— 비상을 꿈꾸는 아들에게

시방 하늘은 바람 한 점 없단다
하얀 뭉게구름 몇 점이
동양화 풍경같이 자유롭게 노닐 뿐
지금쯤 너는 엷은 창살에 기대어
어린 날개깃을 곤두세우고 비상을 꿈꾸고 있겠지
언젠간 날 수 있다는 확신의 꿈을 키우며
해질 무렵이면 상처투성이의 몸뚱아리로
돌아오는 아들아
네가 가진 꿈이 한낮 백일몽에 지나지 않는다면
넌 이 애비를 기회주의자니 패배주의자라고
손가락질 할지 모르지만
애비의 부러진 날개깃을 보아라
젊은 날 수많은 추락과 절망 속에서
수십 번 비상을 꿈꾸어 보았지만
끝내 날 수 없는 우리의 현실을
네 할아버지, 할아버지, 할아버지 적부터
지상에 길들어져 이젠 무용지물로 퇴화돼버린
날개깃을 곤두세우고

오늘도 부러진 반도 한가운데로
훨훨 날아오르는 꿈을 꾸는 아들아
절벽 한가운데서 네 여린 날개깃을 퍼덕이며
뛰어오를 때
넌 무엇을 보았니
단 일 미터도 앞으로 전진하지 못하고
수직으로 추락하는 현실 속에서
네가 꿈꾸는 하늘이 진정
자유롭고 평화스럽게만 느껴지더냐

어둠의 나라에서 3

— 임진강에게

그래 끊임없이 흘러 내리거라
멸악산맥 굽이친 물줄기에서
서해안까지
말 못할 사연들일랑
네 푸른 심장 깊숙이 묻어두고
남에서 북으로
북에서 남으로
한 점 흐트러짐 없이
155마일 우리가 쌓아올린 견고한 아성을
무너뜨리고
끊임없이 유유히 흘러 내리거라
흐른다는 것은 잊혀지는 것이 아니라
새로운 사실에 대한 자각이다
네가 불면의 아픔을 딛고 선 이 땅은
일찍이 고구려 백제 신라의 용사들이
무용담 속에 뼈를 묻은 곳
활처럼 돌아누운 조국의 등 뼈 위로
수 없이 꽂혀진 활과 창을 보아라

해가 거듭할수록

화살촉이 무디어지더냐

창날이 녹슬더냐

지금 이 순간에도 죽순들은

삼천리 어디서나 끊임없이 뿌리를 내리고

우리의 정수리 위로

활과 창은 살아 번뜩이지만

겁 없는 아이들이 부끄러움으로 속살을 드러내 놓는

지금

내 초병이 되어

네 심장을 향해 정조준 한다

그래도 끊임없이 흘러내리거라

부러진 반도 한가운데로

고통일랑 아예 입 밖에 담지 말고

어둠의 나라에서 4
— 보리를 밟으며

밟아야 해
초겨울 얇은 햇살을
봄기운으로 잘못 알고 고개를 내민
어린 싹들은 인정사정 두지 말고
밟아야 해
이 기나긴 겨울
표피층으로 떨어지는 영하의 잠
체관 깊숙이 파고드는 추위 속에서
살아남기 위해서는
겨울잠을 자듯
땅 속 깊숙이 밟힌 만큼 뿌리를 박고
죽은 듯이 누웠다가도
이른 봄날 뜨거운 햇살이 전신으로 번지면
봉숭아 씨앗 터지듯이
두꺼운 대지층을 뚫고
힘차게 일어서야 하는 거야
초겨울 얇은 햇살을
봄기운으로 잘못 알고 일어서려는 어린 싹들은

인정사정 두지 말고 꽉꽉 밟아줘야 해
때론 옛 조상들이 지신을 밟듯
정성스레 조심조심 밟아줘야 해.

어둠의 나라에서 5
— 소도를 찾아서

지금도 한반도 어드메 쯤
옛 삼한시대 소도라는 곳이 있어
그 어떤 독재자도 노예도 교수형 집행자도 없는
오로지 신들만이 존재한다는
신들에 의해 다스려진다는
신성불가침 지역의 소도라는 곳이 있어
대목에 북과 방울을 매어달고
누구에게나 면죄부를 배부한다고
전국에 지명수배가 붙은
노동운동가 정치인 학생들이
세운 또 하나의 중립지대
지금도 안양이나 대구 등지에는
단지 쇠창살만 가로막혔다 뿐이지
이와 비슷한 소도교라는 곳이 있어
그대는 보셨는지
정월 대보름날 북과 방울이 울리면
신탁을 기다리는 처절한 눈동자들을
두 손을 마주잡고 향배하는 굽은

등뼈 위로 칠흑 같은 어둠이 덮쳐오면
호루라기 소리 채찍 소리 찢어지는 비명소리
그것은 다름 아닌 신의 강림소리
몇 번인가 살점이 찢겨지는 의식 속에서
오늘 흘린 피땀 한 방울 만큼의 응고력을 지니지 못한
자유를 찾아 방황하는
너 아흔아홉 마리 길 잃은 속죄양이여
일어나라 일어나라 횃불을 치켜들고
너희들이 찾고 있는 한 마리 양이
신들의 울타리 속에서
저기 저렇게 생생하게 살아있는데

어둠의 나라에서 6
— 분단의 43년 6월에 부쳐

우리 그날의 거리를 기억합니다
뜨거운 폭염 아래서
혹은 가로등 불빛 속으로
화염병과 최루탄이 작열하던
도심지의 구석구석을 기억합니다
서울에서 부산에서 광주에서
아니 전국 각지에서
학생 노동자 시민들이
무법자처럼 도심지를 활보하던
그날의 뜨거운 함성과 노래를
혹은 무질서와 폭력을
그들은 위대한 승리자였습니다
자유라는 민주라는 이름으로 불리어진
월계관의 이데올로기를 쓴 투사들을
오래 오래 동안 기억하여야 합니다
언젠가 또다시 다가올 선택의 날들을 위해
역사가 우리에게 무엇을 원하는지도

어둠의 나라에서 7
— 소리

어디선가 소리가 들려온다
바람이나 파도 소리가 아닌
T·V나 라디오 소리는 더더욱 아닌
맑고 청아한 소리가
태고 적부터 있어왔던 것처럼
자연스럽고 생생하게 들려온다
마치 어머니 자궁 속에서 느꼈던
오래 오래 귀 익은 소리가
도심지 한복판에서
외딴 산골 집에서도
합성어가 아닌 한 가지 소리로
끊임없이 들려온다
그 소리가 무슨 소리인지
무엇으로 인해 나오는지 알 수 없지만
인간이 살아 숨 쉬는 곳에는
어디든지, 그 어떤 독재치하 일지라도
들을 수 있다는 것을 안다
심장에서 심장으로 울려 퍼지는
가장 자유롭고 따뜻한 소리라는 것을

제2부

도시의 밤

Ⅰ · 가로등

작은 몸부림의 가냘픈 선율마저
쉽게 끊어지지 않는 한줄기 양광에 반사되어
나의 망막을 겹쳐오고
차디찬 아픔을 딛고 서면
너는 더 진해진 그림자를 얹고 나를 짓밟는다

Ⅱ · 종점

빛을 삼킨 도시는 본능을 버리지 못한 채
작은 분신들을 잉태시키고
불바다 속을 빠져 나갈려는 욕망이 선혈로 화한다
힘없이 박혀진 발자국이 채 지워지기 전에
나는 닫혀진 문 앞에서 서버렸다

노래를 위한

그 누구도 부인하지 못 하리
그대 앞에 놓인 무서운 현실을
속박과 굴레의 늪에서
부른 우리의 노래가 결코
아름답다는 형용사를 수반할 수 없다는 것을
그러나 우리는 알고 있다.
우리들 주위엔 아직도 사랑해야만 할
사물들이 무수히 존재해 있다는 것
그 존재들로 인해서 우리들이 더욱더 빛나고 있다는
것을
우리들이 부르는 사랑의 노래를 금지
시킬 수 없다는 것을
가장 은밀한 곳에서 보이지 않는 형태로 다가와
우리들을 유혹하네 충동질 하네
일상성의 파괴는 보다 큰 고통을 안겨다 준다고
누구하나 선뜻 자리를 박차고 일어나면 그뿐
우리의 현실은 결코 공석을 만들지 않는다는 것을
어느 듯 숨을 죽이고 관조자가 되어버린 우리는

아아 숨 막혀라 숨 막혀라
하나 누구하나 선뜻 말하지 못 하네
단지 침묵만으로써 우리들이 짊어져야만 할
너무나 큰 과제를 수행할 분
그것이 바로 우리들이 만든 자신의 노래인지 모르고

무태로 가는 길

여보게
여기쯤에서 한번 돌아가는 것이 어때
복잡한 도로를 벗어나
한번쯤 무태로 들어서는 거야
어차피 목적지는 같은데
굳이 돌아서 갈 필요가 있냐고
모르는 소리 말게나
길이란 한번쯤 돌아설 때 거리와 방향이 분명해지는
거라구
자넨 시간과 기름값을 생각하는구만
경제속도라는 말을 아는가
우리가 복잡한 도로에서
한번 신호를 받기 위해서 대기하는 동안이나
사거리 한 구간을 벗어나기 위해 수십 분
정체해 있거나 도로 공사 구간을 벗어나기 위해
서행하는 시간을 생각해보라구
그럴 때 아무 생각도 없이 무태로 들어서는 거야
비록 길이 좁고 급경사 구간이지만

아직은 푸른색을 지닌 나무들과 냇물이 있는
한산한 무태 길로 달려보는 거야
길은 무태에 있으니 방향은 생각지 말고
박봉과 실직. 나이와 희망의 스트레스에서 벗어나
경제속도로 달려보는 거야
혹시 아나 경제속도로 달리다 보면
우리들의 삶도 인플레이가 될지

계단을 밟아보라

계단을 밟아보라
비상하는 꿈들이 여기에 있다
계단을 밟아보라
추락하는 꿈들이 여기에 있다

우리가 저 끝 모를 지하의 공간에서
우리가 저 밑 모를 지상의 공간에서
계단을 밟고 올라올 때
계단을 밟고 내려갈 때
계단은
한 치의 용서도 없이
한 치의 한계도 없이
준렬한 모습으로
우리들의 발목과 무릎관절 사이의 각도를 기다린다

계단을 밟아 보라
지하의 공간에서 지상의 공간으로
지상의 공간에서 지하의 공간으로

삶의 긴장
긴장의 계단을 밟아보라
서로가 발목과 무릎관절 사이의 각도를 비교하면서
서로가 서로에게 얼마나 위대한 존재인가를
생, 각, 하, 면, 서

벽과 벽 사이

벽과 벽 사이 아무것도 없다
벽과 벽 사이 오로지 벽만이 존재한다
벽과 벽 사이 그 속에 우리는 갇혀 있다

벽속에서 벽을 통하여 벽을 바라보면
벽은 단지 무기물과 무기물의 합성으로 이루어진
차고 단단한 실체일 뿐 아무것도 아니지만
벽 밖에서 벽을 통하여 벽을 바라보면
벽은 우리들이 무너뜨릴 수 없는 거대한 조직 거대한
음모
　거대한 폭력처럼 보여 우리들을 벽의 굴레에 가둬버
린다

벽과 벽 사이 우리는 갇혀 있다
벽과 벽 사이 갇혀 있는 것은 우리들만이 아니다
벽과 벽 사이 오로지 벽만이 존재 한다

꽃

너는 언제나 그 곳에 있었다

내 이유 없는 반항과 열병으로 허덕이는 십대의 기억
속에서도, 도서관에서 밤새워 불 밝히던 책들 속에서, 과
음과 토효로 지새우던 수많은 날들 속에서, 155마일 철
책을 오르내리던 내 총구의 가늠쇠 선단 위에서도, 화염
병과 최루탄으로 귀결되었던 내 대학시절 이력서 위에,
알 수 없는 욕망으로 대구 역 주변을 서성거릴 때나, 하
루에도 수십 번 혁명은 혁명다워야 한다고 소리를 지르
다가 그 모든 것 들로부터 도망치고 싶을 때에도… 너는,

내 눈 돌리면 마주칠
    입 벌리면 혀끝에
    손 뻗치면 가닿을 그 곳에 있었다

오! 내 생명이여

나는 페인트 하는 남자

나는 페인트 하는 남자
빨강 파랑 노랑 검정 하양 등 오원색을 들고
고층건물에서 달동네 주방제품까지
신비로운 물감을 뿌리고 다니는 색의 마술사
여러분이 잠시 지구 밖을 꿈꾸는 동안
회색 도시는 푸른 도시로
검은 현대는 빨강 대우로
빨강 벤치는 하얀 벤치로 바꾸어 놓지요

나는 페인트 하는 남자
하양 검정 노랑 파랑 빨강 등 오색을 들고
고층건물에서 달동네 주방제품까지
신비로운 물감을 뿌리고 다니는 색의 마술사
여러분이 저렴한 가격으로 새로운 제품을 원할 때
오래된 낡은 건물은 신축 건물로
오래된 낡은 차량은 신형차로
오래된 낡은 가구는 신형가구로 바꾸어 주지요.

나는 페인트 하는 남자
나는 페인트 하는 남자
고객의 손가락이 내 전화번호 위에 닿으면
언제나 고객 여러분의 체형과 기호에 맞는
색을 들고 색을 쓰는 색의 마술사
내 직업이 재미있다고요
페인팅은 페인팅이니까

보색

언어는 파랑 삶은 빨강 노동은 노랑
아니지
언어는 빨강 삶은 노랑 노동은 파랑
아니지
언어는 노랑 삶은 파랑 노동은 빨강

밤새 원고지 앞에서
파빨노 빨노파 노파빨
덮게 덮게 색을 입히다 보면
자유는 보라
그리움은 주황
투쟁은 초록이 되는데
하면
언어와 삶과 노동이 동일할 때
이 세계의 보색은 무엇일까

때 아닌 봄날에

개나리꽃이 피었습니다
진달래꽃이 피었습니다
싸리나무, 목련, 버드나무 등
세상에 꽃이라는 꽃은
조만간 피었거나 필 예정인 모양입니다

우리들은 무너진 축대위에 앉아
금간 벽돌 틈으로 뾰족이 고개를 내민
오색 이파리를 담뱃불로 지져봅니다
열에 약한 것이 어디 꽃이파리뿐이겠습니까

때 아닌 봄날에
당신이 두고 간 연서 아닌 연서를
갈기갈기 찢어 하수구 구멍으로 띄워 보냅니다
물이 가닿는 곳이 어디 바다뿐이겠습니까.

개, 개나리꽃이 피었습니다
사, 사쿠라꽃이 피었습니다

세상에 꽃이라는 꽃은
어디 산이라고 피겠습니까
어디 들이라고 피었겠습니까
어디 바다라고 피워 올리겠습니까

때, 때 아닌 봄날에

갈대를 위한

생각하는 삶보다
생각하지 않는 삶이
때로는 아름답게 보일 수 있다고

줄 것 다 주어버린
발목시린 가을 들판 한 가운데서
너희들이 서걱이는 몸짓으로 다가왔을 때
나는 그저 바람이고 싶었다

보이지 않는 가운데
은밀하게 주고받는 눈짓 언어 하나 없이
내가 존재하고 있음을

생각지 않고, 때론 생각이
나를 죽일 수도 있다는 비밀 아닌 비밀을
너희들 울타리 속에 은밀하게 풀어놓고 싶었다

나무는 자란다 2

나는 슬픔으로 자라나는 나무
줄기마다 절망으로 나이테를 입힌다

나는 분노로 자라나는 나무
잎새마다 노여움으로 날을 새운다

아 내게 둥지는 어디 있나
둥지속의 파랑새는 어디로 날아갔나
희망도 꿈도 비워둔
텅 빈 하늘에

작은 미풍하나에도
단잠을 이루지 못하는 나는
뿌리 뽑힌 나무
뿌리 없는 나무

소나무

성서 벌판 한가운데
소나무가 있지요
사시사철 푸른 솔을 가진
누구하나 돌보거나 가꾼 적도 없지만

사람 가운데 사람이 살지요
네 발과 세 발과 두 발이
서로가 서로에게 가학자인지도 모르고
사랑이니 자유이니 평화이니
달콤한 알사탕을 나눠먹자고 꼬시며 살지요

성서 벌판 한가운데
자라는 소나무는
이름 불러주기 전 혹은 이름 불리어진 후
관계와 비관계의 상관없이
그냥 소나무이지요
술 취한 사람들이 오줌을 내갈기거나 말거나
개새끼라고 욕을 하거나 말거나
소나무는 푸른 숲 하나 가꾸며 살지요

도망자의 계절 2

산으로 가기위해
숲을 데리고

숲으로 가기위해
나무를 데리고

나무에게 가기위해
새를 데리고

새에게 가기위해
곤충을 데리고

곤충에게 가기위해
잎을 데리고

잎으로 가기위해
태양을 데리고

태양에게 가기위해
계절을 데리고

간다
나는
시간에 콧등에
눌러 붙은
새카만
파리
똥
혹은
잠자는
천사

두 종류의 새

제 농장에는 두 종류의 새가 있습니다
한 종류는 날개가 있으나 날기 싫어하는 종류이고
한 종류는 이미 퇴화된 날개를 가지고도 날려고 노력
하는 종류입니다
나는 이 두 종류의 새들이 한울타리 속에서 자라고 있
음을 봅니다
파브르처럼 익숙하게 그들을 관찰하고
노트에 이렇게 적습니다

"이 지상에는 2종류의 새가 있다
나는 것과 날지 못하는 것"

나는 생각한다 고로 존재한다

나는 생각한다 고로 존재한다
아니다 어떤 날은 나는 아무것도 생각지 않고
밥을 먹고 신문을 보고 담배를 피고 똥을 누고
T. V를 보고 연애도 하고 한다. 그러면 나는
존재만 하는 걸까 꿈로 존재하는 걸까

나는 존재한다 고로 생각한다.
아니다 어떤 날은 나는 아무것도 입에 대지 않고
손가락하나 까딱하지 않는 취업문제와
여자문제, 생활문제 등으로 하루 종일 골머리를
앓으며 생각에 생각을 거듭한 적이 있다. 그러면 나는
생각만 하는 걸까 꿈로 생각하는 걸까.

Cogito Ergosum

고기토 에르고숨?
고기도 에고가 있나?
어떤 고기에겐 애고고 숨이 막히고
어떤 고기에겐 에고고 숨이 막히지 않나
모를 일이다 모를 일이다
내가 지금 도대체 무슨 생각을 하고 있지
고기에게도 에고가 있는데
왜 사람에겐 에고가 없고 에고고 숨만 막히냐고

나는 코기토*를 먹고 자란 사람

나는 코기토를 먹고 자라난 사람
내 몸은 불포화산이나 지방산으로 채워져
점점 비대해져 간다

나는 코기토를 먹고 자라난 사람
내 피는 동물성 콜레스테롤과 알콜로 만들어져
적의와 욕망으로 가득 채워져 있다

나는 코기토를 먹고 자란 사람
오랜 식생활로 길들여진 내 몸은
단식을 단연코 거부한다
수혈을 단연코 거부한다

*Cogito Ergo Sum

창밖엔 비

창밖엔 밤새, 비, 내리고
눈꺼풀이 없는
피곤한 눈동자를 가진 사내
타자기 키를 두들긴다
숙련된 오르간 연주자처럼

두 두 두 두
마지막 여름을 적시는 비, 장마

도시, 가로등속에 숨어
창백한 이마를 벗어 올리는
빛바랜 회색의 중년의 사내

귀찮다는 듯이 신경질적으로
두 팔을 내 휘두르는 나무들

창밖엔 밤새, 비, 내리고
사람들은 서둘러 귀가
폭주하는 차량들

길 찾기

길이 끝나는 곳에
길이 있었다
아니 그 길은 내가 처음으로 들어선
길이었는지도 모른다
밀렵꾼들이
어쩌면 산짐승들이 만들어놓았을지도 모를
좁고 가파른
때론 평탄하기도 한
그 길을 따라 걸어갔다
양념처럼 얼마간의 흥분한 두려움을 흩뿌리며

길이 끝나는 곳에
길이 있었다
아니 그 길은 이미 내가 지나왔던
길이었는지도 모른다
누군가 아무런 생각 없이
꺾어놓은 나뭇가지와
발바닥을 간지럽히는 조약돌들이

얼마간 즐거운 상상을 불러 놓겠지만
초치기 싫어
나는 그 길을 따라 무작정 걸어갔다

사람과 사람사이엔 끈이 있다

굳이 네 목소리를 듣지 않아도
　　　네 손목을 잡지 않아도
나는 네가 누구인줄 안다

　　　산이 산을 부르는
　　　강이 강을 부르는
　　　피가 피를 부르는
이 모든 것이 소리와 형태는 달라도
　　　모두 한 뜻일지니

제3부

다대포 앞바다에서
— 레이폴드 스태프에게

모래위에
"자주" 라고 써보았다
흰 파도가 몰려와서 지워버렸다

모래위에 또
"민주" 라고 써보았다
푸른 파도가 덮쳐와서 지워버렸다

모래위에 또다시
"통일" 이라고 써보았다
검붉은 파도가 몰려와서 덮쳐버렸다

영원히 지워지지 않도록
또다시 써야할 땐
이번엔 가슴 속 깊숙이 새겨두어야 하리

무명 1

나서 늙고 병들고 죽고
나서 늙고 병들고 죽고

나서 늙고 병들고 죽고
나서 늙고 병들고 죽고

이렇게 얼마나 오랫동안
나서 늙고 병들고 죽고
죽고 병들고 늙고 태어나야만
－지안코, －지안코, －지안코, －지안코 할 수 있을까

무명 2

처음엔 한 점 희미한 빛이었던지
한 점 두 점 얽혀 빛을 차단하는 구름이었던가
아니면 그 밑으로 흐르는 안개비였던가
이른 새벽 우리들의 단잠을 적시는
이슬비
혹은 푸른 잎사귀 위로 돋는 영롱한
아침 이슬
          – 나는 몰라라 나는 몰라라

잎새 위에 떠오르는 태양처럼
굴르다 굴러
그러다가 뱀이 물어 독이 될는지
          소가 물어 젖이 될는지
…아니면, 처음으로 다시 되돌아가든지
          – 나는 몰라라 나는 몰라라

섬 1

— 내게 있어서 고향이란
언제나 둥둥 떠다니는 섬이었네

닻을 내려도
포구가 보이지 않는

안개, 안개의 무덤 속

나는 그곳에 살고 있었네
내가 나를 알아보지 못하는

뿔고등처럼 새벽기적이 울리면
기약없이 왔다가 기약없이 가버린 사람들

나는 그들 속에 함께 있었네
그들 또한 내속에 오랫동안 머물렀네

마치, 다물지 못하는 조개입살처럼

섬 2

— 내게 있어서 고향이란
  언제나 둥둥 떠다니는 섬이었네

밤 파도에
검은 머릿결을 빗어내리던
높낮은 산들이
해일 속에 잠겨들면

신화도 전설도 없는
애비 에미가
밤새 부부싸움에 지쳐
수잠 속으로 부유할 때
뿔고등을 불려 다려오는 새벽기적소리

옛 얘기가 궁금한 나는
꿈결마다 기차 레일을 밟고
시간의 간이역마다 개표를 하지만
깨어나면, 내 잠자리는 언제나 그 자리

가을

가을, 풍경 속으로 들어가
풍경이 되어버린 산과
풍경으로 피어나는 나무들과
풍경이 울리는 산새들과
풍경처럼 마주앉아 울먹이다
끝내 풍경이 되지 못하고
해지는 11월의 달력 속으로 들어오면
누군가 풍경처럼 웅크리고 앉아있다
창밖으로 길들이 난 반지하방에서
가을, 풍경 같은 어깨위에
낙엽 같은, 올 한해 마지막 남은 달력을 달고서

검은 강

검은 강이 흐른다
더 이상 아무런 신화나 전설도 없이

검은 강이 흐른다
대지를 살찌울 한모금의 우유도 갖지 못한 채

검은 강이 흐른다
어린 물고기 하나 잠재울 여유도 없이

밋밋한 산과 들을 지나
몇 개의 도시를 거치면서

또 다른 폐수와 폐수를 만나
거대한 폐수가 되어

남산동 철거지구에서

나는 보았다 남산동 철거지구에서
거대한 불도저를

강철의 심장과 강철의 근육을 가진
불도저는
대구시민의 자존심과 미관을 해쳐버린
가난한 족속들과 그들의 가족들이 세워놓은
높고 커다란 현대식 교회 옆에서
의젓하게, 강철의 두 팔을 벌리고 서있었다
메케한 최루가스에는 아랑곳 않고

나는 보았다. 남산동 철거지구에서
거대한 불도저를

이 땅의 산업화의 기수, 도시화의 기수
불도저는
도심지 안에는 절대로 있어서는 아니 될
좁고 가파로운 도로와 낡고 초라한 건물들 사이를 오

가며
　희망이 곧 분노가 되어버린
　살아감이 곧 고통이 되어버린
　비도시적인 철거구 주민들에게
　자본의 힘과 용기를 하나하나 일러주고 있었다

　나는 보았다. 남산동 철거지구에서
　자본의 꿈과 희망을 실어나르는 우우
　우리들의 부르주아, 불도저를

평화를 위한 기도
— 세다르 생고르 톤을 빌려

주여 저들을 용서하소서
저들은 지난 반세기전
그들의 높은 코와 흰색 피부색깔을 배경으로
근대라는, 자유라는, 평화라는 이름으로
이 땅을 반반씩 나눠
한쪽에는 자본주의를
또 한쪽에는 공산주의를 주입시키고
그들이 목적과 권리를 위해
동족의 피와 살을 요구하는 저들을 용서하소서
또한 저들에게 빌붙어 주체사상이라는 명목하에
인민들을 노예화시키고 영구집권을 획책하는
이북 독재자를 용서하옵시고
이남에서 내 어린 형제들과 누이들에게
펜 대신, 화염병을, 강의문 대신 선언문을 들게 하는
저들의 간악함을 용서하옵시고
학교에서, 사회에서 공장에서 우리들의 형제자매들을
투사로 만들어버린 이남 독재자의 죄 또한 사하여 주
옵소서

평화가 있는 곳에 전쟁을
자유가 있는 곳에 폭력을
당신의 권세인양 이 땅에 전파 설교하는
저들의 후안무치를 긍휼히 여기사
제국주의라는 교리문답이 이 땅에서 이루어진 것과
같이
하늘에 계신 아버지 영토에서도 이루어지길 바라나이다
그러나, 그러나 주여
제 간절한 기도 속에 잠들었을 줄 알았던 뱀이
또다시 제 가슴 속에 십자가를 그리옵나이다
죽은 줄로만 알았던 증오의 뱀이

길

어릴 적 아버지와 함께 떠났던
길은
숲속 한가운데로 놓여 있었다
입산금지라는 푯말과 함께
화석으로 굳어진 발자국 몇 개를 남겨 놓은 채
이 숲을 벗어나면
논둑길로 이어진 타박타박한 황톳길이 나타나겠지

산등성이를 등지고
코딱지처럼 다닥다닥 붙은 오두막집들 또한
어릴 적부터 함께 자란
배꽃은 지금쯤 하얀 배꽃을 피웠는지
검둥이의 무덤위로 잠방이 꽃은 피었는지
땅속 깊숙이 묻어두면 자란다는 수정은…,
발부리에 휙휙 감기는 칡넝쿨 사이로
내 유년의 잔뿌리들이 조금씩 자라나고 있었다

햐 그러나 아무것도 보이지 않는다

오두막집도 검둥이도 배나무도
있어야 할 곳에 보여야 할 것이
모두 사라져 버리고
그 자리엔 낯선 건물들과 얼굴들만이
문득 뒤돌아보니
내가 걸어온 숲속의 길은 사라지고
어지러이 놓여진 발자국만이
깊게 깊게 패여지고 있었다

제방 쌓기

I

그해 5월은
나무들이 뿌리를 깊이 내리지 못하고
새들은 땅속에 집을 지었다
하늘은 고기압대 기류가 흘러내렸고
무표정한 강물을 붉은 혓바닥으로 지표면을
조금씩 조금씩 핥아내었다
아침 일찍 아버지는 강가에 서서
강물에 씻겨온 할아버지 음성을 듣거나
낮은 포복해오는 바람을 훔쳐보았다

II

언제부턴가 불면의 강은 우리의 잠 속으로 침식하였고
우리는 제방을 쌓기 시작했다
침묵의 아버지는 손때 묻은 삽과 곡괭이를 볼 때마다
근육이 가볍게 출렁거렸고
자신의 삶과 우리의 삶을 조금씩 뜯어다가

제방위에 다졌다
제방의 높이만큼이나 우리의 삶은 좀처럼
뜯어다가 제방 위에 다졌다
제방의 높이만큼이나 우리의 키는 작아졌고
숨죽인 강은 제방 위를 조심스럽게 넘보았다
강물 속으로 우리의 얼굴이 흔들거렸다
'아버지 무덤은 그만 파세요.'
웃고 있는 이빨이 삽질에 튕겨 나왔다

Ⅲ
어둠의 잔뿌리가 삽날에 묻어 나왔을 때
우리는 각자의 나이만큼이나 무거운 하늘을
지고 집으로 돌아왔다
어머니는 아침부터 빨래를 하셨고
빨랫줄에는
살아온 나날과 살아갈 나날들이 씻겨지지 않는
땟자국으로 남아 있었다

우리들은 서로의 삶을 신발장에 넣어 놓은 채
서로 방치되어 있었고
신발장에는 우리의 삶이 신발 크기만 한
크기로 보존되어 있었다

그날 밤

I
철마의 가쁜 숨소리를 배설하고
고향으로 돌아오던 날 밤
비포장도로의 가벼운 살 떨림을 느꼈다
피로한 하늘을 동구 밖 미류 나무가 떠받치고 있었고
어둠 저편에서 포장된 불빛이 길을 결정지었고
네온사인처럼 버티고 있었다
어머니는 갈기갈기 찢겨진 손바닥 사이로 나를 발견
하셨고
거울 속에는 수척한 낯설은 아이가 서성거렸다

II
그날 밤 아이들은 모닥불을 피워놓고
어둠의 나이테와 낯설은 그림자를 서너 개 태우고 있
었다
불꽃 속에는 유년의 꿈이 불똥이 되어 떨어지고
허리 잘린 나무들이 신음소리로 들려왔다

술 취한 몇몇 친구들은 어느새 톱을 들고
동구 미루나무의 가는 허리를 자르기 시작했다
하면 세월은 제자리걸음을 하기 시작한다

Ⅲ
중앙통로에 있는 활엽수들
추위에 절은 시민들의 발걸음이 끊어졌고
가로등 불빛이 어둠의 속살을 더듬고 있을 때
아이는 나무들의 밑 두방치를 캐기 시작한다
한 대 한 대 도끼질을 할 때마다 떨어지는 나뭇잎들
(일찍 시들었어도 끈끈한 생명력으로 말라붙은 나뭇
잎)
도끼날에 묻어나는 나무의 변색된 삼립
부패한 음식물을 섭취한 헐은 위장 벽이 터질 때마다
온 도시민의 얼굴이 흔들린다

IV

그날 밤 말라붙은 피부의 갈증을 느끼며 잠에서 깨어
났을 때
세월에 시든 바람은 언제나 같은 표정을 지었고
어둠의 잔주름이 채 가시지 않는 새벽
나무꾼은 녹슨 칼로 나무를 자르고 어부들은 낡은 어
망으로
고기를 낚는다.
그날 하늘은 시퍼런 먹물을 튕겼고
식욕 잃은 아이들은 놀이를 시작하지 않았고
목발을 짚고 서있는 사람들이 무기력하게 보였다
길 잃은 아이는 아침 일찍 아픔이 저주받은 땅으로 갔다

이사 가던 날

I
비가 내린다
비는 하루의 삶을. 계절의 속 때를. 한 시대의 언어는
적시지 못하고
슬레이트 지붕위에서 머문다.
포장된 언어를 아이의 꿈속으로 떨어뜨리고
낮은 곳으로 흘러내린다.
결국 자신의 얼굴은 적시지 못한 채

II
이사가던 날 비가 내렸다.
아침 일찍 어머니는 낯선 인부들과 우리의 의식을 짐
속에
넣어 놓고 물안개 속으로 밀고 가버리면
할머니는 헌 옷가지를 챙기며
자신의 삶을 정리하셨고
아버지 어깨너머에 서있는 아이는
철지난 옷가지를 소각하며

받침 없는 철자 빗물에 씻겨 나오는 것을 본다.

Ⅲ
유혹의 어머니는 빗물이 되어
아이의 옷 속으로 파고들었고
점점 무거워지는 젖은 옷과 신발을 벗어 놓고
알몸을 할머니의 어머니의 치맛자락으로 파고들고
언제나 치마 속으로 비가

Ⅳ
우리들이 도착한 곳에는
해져믄 6月의 거리와 풍경이 있었고
뿌리는 적시지 못한 나무들과, 안전운행을 하는 차량과
횡단보도 앞에서 서있는 사람들이 보였다
헤어진 옷 새로 빠져나간 언어는 꿰매고
아이는 새로운 가면을 쓰고 거리로 나섰다
네온 싸인 앞에서 자유와 죽음을 생각한
빗물은 우산 위에만 오지 않을 것이다

우산 쓰지 않는 사내들은 차례로 차바퀴 속으로 튀어
들어갔다

숲속의 방

1

숲 속엔 방이 있다길래 아무도 모르는 커다란 방이 있다길래 숲으로 숲으로 자꾸만 도망을 갔습니다 자작나무 백약나무 뽀오얀 젖가슴을 내밀고 투명한 웃음을 흘리는 숲을 찾아 봄바람에 흩날리는 풀씨마냥 울 엄니 열두 폭 치마폭에 흔들리며 산을 넘고 들을 지나 또 강을 건너 자꾸만 걸어갔습니다 대청봉 마루 밑을 올라서니 숲은 저만치서 홀로이 있었습니다 누가 봐도 넉넉한 젖가슴을 내밀고 동해로 서해로 젖줄의 강을 틔우고 있었습니다 철책과 장벽을 뚫고 그 거침없이 흘러내리는 물살을 바라보며 어머니 당신을 생각합니다 누군가 손에 의해 떠밀려 떠내려간 당신의 어린 자식들을 곰삭여 봅니다

2

가난한 유년의 잔뿌리마냥 얽혀진 참나무 칡넝쿨 줄기를 타고 숲으로 조심조심 걸어갔습니다 풀지 못할 숙제 같은 세월의 지뢰밭을 넘어가니 오랜 세월 당신과 같

이 했던 숲이 수줍은 초야를 준비하고 있었습니다 숲속의 방은 따뜻하고 아늑했습니다 입구나 출구가 없듯이 동서나 남북이라는 우리를 얽어맬 아무런 벽도 없는, 모든 것이 원형인 숲속에서 나는 두고 온 가족과 친구를 불러보았습니다 그러나 생각의 나침반이 없는 이곳에서 누군가를 기억한다는 것은 잊는다는 것과 동일한 의미였습니다

3

어디선가 크낙한 울음소리가 들려 푸른 산 빛을 깨치는 울음소리가 들려 고개를 들어보니 숲은 온데 간 데 없고 아우내장터에서 수유리 금난로에서 애타게 부르던 노랫가락 속에 내가 서있음을 느꼈습니다 이마에 구슬땀을 흘리며 뛰어다니는 수많은 사람 사람들 그 사람들이 바로 커다란 숲이었습니다 온 곳이 어딘 줄 알고 갈 곳이 어딘지 분명히 아는 사람들이 만드는 거대한 숲, 그 숲속 한가운데서 내 의식의 뿌리가 자라나고 있음을 느낍니다 어머니 내가 숲의 일부분으로…

귀뚜라미 1

엄마가 구워준 군밤과 군고구마를 들고
옥상에 올라
별밤 가득한 별들을 헤아리노라면
어디선가 들려오는 귀뚜라미 울음소리

귀뚤귀뚤 귀뚜르르

나와 동생은 별을 헤아리는 것도 잊고
귀뚜라미를 찾아
장독대 밑도 돌고 빨래다이 밑도 헤매지만
귀뚜라미는 여전히 울음 울지요

귀뚤귀뚤 귀뚜르르

귀뚜라미는 무엇 때문에 자꾸만 울음을 울까
엄마는 애기들은 배고프면 운다는데
귀뚜라미는 무엇을 먹으며 살까
아무리 생각해도 해답을 얻지 못했지만

귀똘귀똘 귀뚜르르

조용히 두 눈 감고 귀뚜라미 울음소리에 귀 기울이다
문득 끊겨지는 귀뚜라미 울음소리
순간 감았던 두 눈을 뜨면 눈썹위에 내려앉는 별 부스
러기
아마도 귀뚜라미는 별 부스러기를 먹는가봐

귀뚜라미 2

내 노래 속엔 차바퀴가 달려 있어요
언제 봐도 그리운 시냇가, 담장너머로
호박이 넝쿨째 익어가고 지붕위엔
곶감이 가을꽃으로 피어나는 고향집으로
금방이라도 달려가니까요

내 노래 속엔 그림물감이 들어있지요
봄 여름 가을 겨울 시시각각 변하는 산야와
쟁기질 가래소리에 놀란 황소가 큰 눈망울을
굴리는 고향 산마루를 추억의 도화지위에
노랑 파랑 빨강 등 각가지 색깔로 그려내니까요

내 노래 속엔 사랑이 숨어 살지요
잠 못 이루는 가을밤 창문을 열어젖히면
은빛 고운 모래파도에 부서지듯 보름달이
한밤 가득 식구들의 꿈속으로
은가루 고운가루 사랑 가루를 흩뿌리니까요

낮달

수몰지구, 누이의 파리한 입술 같은
낮달 하나
누가 건져 올렸을까
동성로 육교 위
서문시장 노점 좌판 위
몇 개의 동전으로 반짝이거나
혹은 한 두릅의 굴비로 엮어져
만난다 철거지구 주민들의 지붕위에 피는
근심 꽃 같은 얼굴을 들고

임진강 남하길, 대포소리에 놀라 자지라지던
낮달 하나
누가 아버지의 기억에 두레박을 내려놓았을까
40년이 지난 지금
북쪽하늘에 파란 물기를 머금고
매일아침 콩나물과 두부로 시작되는
어머니 가계부일지 위에
안개꽃 되어 툭
툭 꽃잎 떨구다

제4부

동행

　– 투쟁하질 않고 얻을 수 있는 것이 있다면
　저자거리에 매달린 네 슬픈 모가지일 뿐

나는 그를 부르질 않았는데
그가 어찌 여길 왔을까
그는 나를 부르질 않았는데
나는 어찌 여기 있을까

서로가 서로를 이해하지 못하는데
서로가 서로를 용서하지 못하는데
어떻게 우리가 그 멀고 험한 길을 지나
목적지까지 무사히 동행할 수 있을까
단 한 번의 언쟁이나 격전도 없이

차라리 짙은 안개속이라면
깊고 어두운 밤이라면
서로가 서로를 곁눈질 하지 않고
목적지까지 무사히 도달할 수 있다지만
우린 서로를 너무나 잘 알고 있고
그리고 지금은 너무나 훤한 대낮인데

누가 우리를 동행하게 하는가
누가 우리가 동행할 수 있다 말하는가

편지 4

그대 잠에서 깨어나 나에게로 오라
아무런 두려움과 망설임 없이
물안개 피어오르는 호숫가를 지나
이른 아침 영롱한 햇살처럼
이슬방울을 툭툭 털어버리고
싱싱한 유월의 신 새벽으로 오라
새들도 짐승들도 잠에서 깨어나
자신이 뽑을 수 있는 최고의 목소리로서
유월의 아침을 노래하는 지금
우리 넝쿨나무 우거진 숲으로 가자
세상을 아름답게 살려고 노력하는
사람들이 모여 사는
넝쿨나무 우거진 숲으로 가자
그 숲 속 한가운데서 단단히 뿌리를 내리고
서로서로 몸 비벼 줄기를 뻗어
그 어떤 홍수와 재해로도
뿌리가 뽑히질 않도록
서로 얽히고 설켜 사랑의 뿌리를 내려

결코 시기와 질투 미움과 노여움이 없는
넝쿨나무 우거진 숲으로 가자구나
거기서 사랑과 믿음을 가꾸자구나
이름 모를 돌멩이 하나 꽃 하나라도
제자리에 놓이면
그 어떤 수석과 장미보다도 아름답게 보일 수 있다는
것을
확인시키며 살아가자구나
언젠간 우리가 살고 있는 이 땅
아니 온 지구가 사랑과 믿음의 씨앗으로
커다란 넝쿨나무 숲이 이루어질 수 있도록

편지 5

어릴 적 동구 밖에는
커다란 강이 흐르고 있었다
강은 밤마다
우리들 잠속으로 해일처럼 밀려와
오래 오랫동안 머물곤 했다
그럴 땐 으레히 어머니는 바느질 그릇을 놓으시고
애야 일어나거라 저것이 바다란다
백제의 유민들이 일본으로 가는구나 글쎄
새로운 왕국을 건설하려고
나는 잠결에 종이배를 타고
어머니 저도 갈래요 가서 왕자가 될래요
머나먼 항해를 시작했다
바다로 이어지는 강은 끝이 없었고
가끔 폭풍우와 폭포를 만날 때면
애야 용기 있는 자만이 얻을 수 있단다
어머니 말씀이 강이 되어 흐르곤 했다
끝내 바다에 이르지 못하고
그 후 성인이 되어 다시 돌아왔을 때

나는 알게 되었다
동구 밖 앞으로 흐르는 강은 바다로 이어지지 않고
남에서 북으로 기다랗게 놓여 있다는 것을

편지 6

밤늦은 귀가길
막다른 골목을 돌아서면
골목 어디선가 누군가 부르는 것 같다
뒤돌아보면 아무것도 없는데
누군가 내게 다가와
너는 누구지
너는 지금 무엇을 하고 있지
너는 왜? 왜!? 왜!!
끊임없이 질문을 던진다
대답할 아무 말도 준비하지 않았는데
그러기엔 내 자신이 너무나 초라해지는데
누군가 심문하는 눈초리로 다가오면
나는 두렵고 부끄러워
심장의 고동만큼 빠른 발걸음으로 돌아와
대문을 잠그고 방문을 잠그고 창문을 잠그고
그리고 또 잠그고 잠그고 잠그고
이불속에 머리를 잠그면 문득 떠오르는 얼굴
윤동주도 이 밤길을 걸어왔을까

혼자라기엔 너무도 많은 눈이 살아 두리번거리는 이
길을
홀로서, 홀로서 생각 키우는 순간
지금도 골목 어디선가 무법자처럼
그리 육중하지도 가볍지도 않은 발걸음 하나 돌아다
니고
누가 그에게 열쇠를 줬을까
그는 내 문들을 서슴없이 열어젖히는데
금세라도 뻘건 무언가가 들이닥칠 것만 같아
나는 어둠속으로 자꾸만 몸을 사리고
골목에서 듣던 그 목소리, 그 목소리가
천정에서 책장 속에서
아니 사면 벽을 통하여 끊임없이 들려온다
너는 누구지
너는 지금 무엇을 하고 있지
너는 왜! 왜?! 왜??

백조의 노래

저녁노을이 호숫가에서 초야를 맞는 날
우리는 호숫가를 거닐며
떨어지는 나뭇잎에 공동의 아픔을 느끼고
무척이나 긴 이야기를 나누었어요.
밤의 여왕이 긴 휘파람을 불며 촛불을 밝히고
호수 속에 박힌 무수한 별들을 음미하며
죽어서는 저 하늘가에 별이 되자고 굳게굳게 맹세했
어요.
그럴 즈음 숲속의 검불들은 부끄러운 몸뚱아리로 우
리를
포근히 감싸줍니다.
서로 다른 시간 속에 살면서
공동의 꿈을 꾸기 위하여 작은 기쁨을 잊어버리고
거친 숨결 속에 깊은 꿈속에 빠지곤 했답니다.
그러던 어느 날, 아침은 다가오고 당신은 먼 여행을
떠나고
불구가 된 나는 긴 겨울을 추위와 허기 속에 시달리며
살았어요.

낯선 얼굴과 밤을 엮으며 찢겨진 바람 속에 몸을 맡겼
어요.
그 옛날 아름다운 영혼의 이야길랑 십대의 이야길랑은
잊어버리고
포장마차 집에서 술 취한 언어로 세상을 이야기했어요.
오염된 시간은 어둠속으로 기차를 달리고
백조는 뿌리 없는 이빨로 어둠은 물고 서있답니다.
그러나 눈 내리는 날 저녁 세상은 깊은 잠에 빠지고
여윈 가로등은 깊은 침묵에 젖고 별빛이 쓸쓸히 피어
오를 때
백조는 슬며시 생각에 잠기곤 했답니다.
그리움의 목마름이 긴 목을 늘어뜨리고
한 모금씩 토해내는 선혈이 발등에 부서질 때면
백조는 낯선 발자국을 서너 개 남긴 채 호숫가를 돌아
갑니다

비

어제는 대구시 가난한 월급쟁이 지붕 위에 내리는 비
오늘은 예천 뜨락 화실 지붕 위로 내리는 비
비, 기억 속에 잠시 대기
내린다, 지난한 추억의 어깨를 더듬으며
그러나 비는 지붕 밑을 적시지 못하고
뜨겁게 달아오른 양철지붕만
적실뿐, 말없이 바라보는 우리들의 꿈이 비에 젖는다

빈 방 있음

초인종을 누를 필요는 없어요
문은 열려 있어요
당신만을 향한

오래오래 비워놓았던
내 가슴 한 구석 빈방을
깨끗이 정돈해 놓았어요
비록 초라하고 보잘것없는 방이지만
당신이 원한다면 언제든지

정치와 자유에 관한 이야기는
더 이상 우리의 식탁을 풍요롭게 만들지 않을 거예요
언제나 나의 손님은 그런 식이죠
이 드넓은 초원과 하늘을 보세요
당신 혼자 지내기엔 적적하지 않으세요
난 언제나 이곳에서 당신을 생각했어요
너무나 끔찍하고 저주스러운 그 때의 일들을

자 이것은 당신 방의 열쇠입니다
잠시 외출을 하고플 때면
방문 잠그는 걸 잊지 말아야 해요
난 또 다른 손님을 맞아야 하니까요
하나 기나긴 여행을 준비할 때면
열쇠를 제자리에 놓는 것도 잊지 말아야 해요

우리 둘 사랑은

한 뿌리에서
한 가지가 자라나듯
우리들 사랑 또한 이와 같습니다

한가지에서
한 열매가 열리듯
우리들 사랑 또한 이와 같습니다

서로 다른 삶과
서로 다른 꿈이 만나
넝출을 엮듯 이어가는 사랑

때론 사랑의 뿌리도
　　삶의 파고에 휩쓸려
번민과 고통도 맛보겠지만

우리 둘 사랑은
이 봄날에 뿌리박은 과실수처럼

계절에 맞게 꽃과 열매를 만들고
인생의 무게만큼 나이테를 가꿀 것입니다

원숭이 부부

그들 부부는
서로가 서로에게 관심이 지나친 탓에
아무리 사소한 일도 그냥 넘어가지 않는다
사랑 반 미움 반으로
끊임없이 말다툼하던 어느 날
그들 부부는 문득 깨닫는다
남편의 입에서는 아내의 말투가 배어나오고
아내의 표정과 몸짓이 남편과 닮아가고 있다는 것을

만남을 위한

내가 네 안에 들어가
한그루 과실나무로 자라거나
네가 내안에 들어와
한포기 아름 없는 꽃으로 자라거나
열매를 만들고 꽃을 피우기 위해선
알맞은 토양과 빛이 필요하지

만약 우리가 만든 꽃과 열매가
현실의 조건이 맞지 못하여
아름답거나 충실하지 못한다면
지금 우리의 빛을 차단하는 것이 누구지
지금 우리의 토양을 앗아가는 것이 누구지

오랜 인고 끝에 만들어지는 것이
훨씬 값지고 보람 있다지만
나는 믿지 못한다네
세상은 자연스러운 것만큼
조화로운 것은 없으니까

내가 네 안에 들어가 열매를 만들지 못하고
네가 내안에 들어와 꽃을 피우지 못할 때
그럼
나는 누구를 통하여 열매를 만들어야 하나
너는 누구를 통하여 꽃을 피워야 하나

사랑은 언제나 통화중

그녀의 사랑을 확인하기 위해
공중전화 박스 앞에서
그녀의 이름과 전화번호가 적혀 있는
수첩을 펴들고 전화기 다이얼을 돌린다.
오- 공중전화기 다이얼
돌리는 손끝으로 가을이 성큼 다가오고
지난여름 날 그 길고 지리한 장마
도심지의 회색지대를 함께 걸었던
그녀의 빗살무늬 추억들이
오- 공중전화기 다이얼
송수신음을 타고 빗살무늬로 흐른다.
뚝-
여보세요(보다 조급하게)
여보세요 당신 아직 거기 있어요
그 모습 그대로
오- 나는 기억할 수 없어요
당신이 거기 있다는…
대답 없는 날들을 기다리며

나는 지난겨울로부터 봄 ·

봄에서 여름 · 다시 여름과 가을 사이 내내

기다렸어요 대답해 주세요 제발

그 모습 그대로 있겠다고 · 뚝 뚝 뚝

"방금 거신 전화는 국번이 없거나

잘못 거신 전화이니 다시 한 번 확인하시고 돌려주십
시오."

잽싸게 돌아가는 내 손끝사이로

그녀의 지친 모습과 피곤한 웃음이 지워지고

지워지면서 돌아가 오- 공중전화 다이얼

그 비만한 몸뚱아리 뒤뚱거리며

돌아간다 오-공중전화기 다이얼

이 엉터리 같은 절망연습 · 절망의

화사한 절망을 위하여

언제나 내 과거 속에 묻어 있는 그녀와

나의 미래를 바라보는 그녀와의 사랑연습은 통화중

너

너가 있는 곳에
항상 내가 있고
너가 숨 쉬는 곳에
항상 내가 머문다.

너는 작은 악마
큰 슬픔을 간직한
숨죽인 야생마

너는 변화하고 도태되고
역류하지만
나는 순례자의 길을 따르련다

너는 목마른 작은 샘
그리움의 긴 목을 늘어뜨리면
너의 입술을 찾는다

연가 3
— 가두 낭송을 위한 시

누이야 강정가자
한 송이 장미를 가슴에 품고
강정가자 누이야
검붉은 태양아래
뜨거운 햇살의 채찍질아래
붉은 피 토해내며
강정으로 가는 길은
외경과 호기심으로 가득하지만
너를 만나기 위하여
장미 속 같은 열정을 품고
나는야 간다 누이야
내 사랑을 확인하기 위하여
그리움의 마디마디 관절을 꺾으며
드넓은 성서벌판
거부하는 몸짓으로 일어서는
풀꽃들 잠재우고
랭보의 시구 같은 강정 간다
우리가 서로서로를 용서하기 위하여

우리가 가슴속 하나씩 비수를 품고서
아직도 질경이 엉겅퀴 대잎으로 자라나는
금호강 검은 물줄기 하곡을 따라
줄달음쳐 내려가면
은빛 비늘 번뜩이는 강정 모래톱 위
너는 어느새 달려와
뜨겁게 뜨겁게 달아오르는
오월의 대지가 되어 누워 있구나
금단의 열매를 한 움큼 입에 물고
아 이곳은 우리가 선택한 약속의 땅
진실을 잉태하는 어머니의 치마 속
나는야 황금의 씨앗을 실어 나르는
사랑의 곡예사 되어
네 신생의 처녀지에 반란의 씨앗을 흩뿌릴지니
누이야 강정가자
내가 네가 되기 위하여
네가 내가 되기 위하여

연가 4

그대 참꽃 같아
빨간 꽃 댕기
꽃이파리 같은 옷고름
열두 폭 주름으로 서 있으면
이 땅 어디서나 실한 뿌리를 박고
4월의 산천을 붉게 물들이는
참꽃 같아 그대
따먹을까 우리
붉은 입 헤벌리고
미친 듯이 가슴을 찢어 뜯을까
눈 시리게 푸른 저 하늘을
떠받치고 누워 있으면
열린 현실 속으로 새 한 마리
오월로 통일로 날아오르고
초경의 기억 같은
그날
내 무명적삼에 또다시
붉은 피 흘릴라

연가 5
— 칼을 위하여

칼이 없습니다 지금 제겐
칼이 없으므로
누군가를 지독히 증오할
누군가를 지독히 사랑할
용기 또한 없습니다 어머니
제 비겁한 칼은
언제나 녹슨 칼집 속에서
기다림의 날을 벼르고 있을 뿐입니다
그러나, 그러나 당신을 생각하는 동안만은
제 시는 칼이 됩니다
제 노래는 칼이 됩니다
제 사랑은 칼이 됩니다
제 절망 또한 칼이 됩니다
제 삶의 마디마디 비수가 돋아, 비수가 되어
당신의 곱디고운 젖가슴에
영원한 칼날을 들이대고픈
오 어머니, 나의 신부여

눈을 지그시 감고 상을 찡그리시더니
열 손가락으로 얼굴 감싸 쥐시며
한숨과 함께 고개 떨구신다

시인인 아들에 대한 미안함과 그리움
「그림을 못 그리게 했더니 글을 써?」
「책을 내면 지가 살아오나 ? 휴…」

「대학에 다니면서 집에 별로 왔나?」
「1년만 있으면 잊을 것 같다」고
몇 번이고 되뇌이면서 사진을 쳐다보시더니
얼굴을 훑어내리신다 눈은 지그시 감으신 채

아들 무덤에서 짐승이 표효하는 듯
실성한 사람처럼 지낸 날들이 몇 날 몇 밤
술 한잔 마시고 눈 감고 눈물 한잔 삼키시고 눈 감고

자식보다 7년을 더 사셨지만

이미 7년 전에 마음은 세상을 뜨셨다
모든 걸 다 버리고, 삶의 방향을 잃고
항상 눈물 젖은 눈은 손자에 대한 애틋함

입버릇처럼 「죽으면 아버지 옆에 간다」시더니
가시던 해는 「2월에 죽어야 지 옆에 가는데…」 하셨다
지금은 하늘나라에서 부자 상봉하여
엽총 사냥하실까? 옛이야기 나누실까?

— 졸시 「시인의 아버지」

시인이 떠난 뒤의 노부모님의 삶은 말이 아니었다. 시인을 떠나보낸 설움은 말로 형용할 수 없었으며 죽음보다 싫은 7년의 세월을 마감하셨다. 7년 전에 모든 걸 버리고 아버지 옆에 가신다고 입버릇처럼 되뇌이시더니 결국은 아들 옆이 더 좋으셨는지 아들 옆으로 가셔서 나란히 누우셨다.

사랑했기에 가슴이 저미도록 아팠었고
사랑했기에 눈언저리가 퉁퉁 붓도록 울었으며

사랑했기에 추억마저도 지워버리고 싶도록 미웠고
사랑했기에 뼈에 사무치도록 그리웠습니다

그리웁기에 저민 가슴을 달랠 수 있었고
그리웁기에 울고 싶어도 울지 못했으며
그리웁기에 미움을 버릴 수 있었고
그리웁기에 사랑할 수 있습니다

— 졸시 「사랑했기에 그리웁고」

「흐린 날은 사람이 그립다」 유고집을 내고 내 마음을 달
래었으나 시간이 흐를수록 아쉬움이 더해갔다. 남은 시를
읽고 또 읽으면서 그의 체취를 느낄 수 있었다. 그는 대학
시절 시를 쓰고 노천문학인들과 어울려 다니던 때가 제일
행복했었을 것 같았으며, 그를 대변하듯 노천문학인들이
첫 시집 출판기념회 자리를 빛내 주었다. 이 지면을 빌어
노천문학인들께 감사를 전한다.
　동생이 좋아하던 시들을 한 편 두 편 모아보니, 또 한권
의 시집 분량이 되었다. 어느 날, 출판 기념회 때 모아드림

사장님께서 주신 행운목이 두 번이나 꽃을 피웠기에 안부
인사 겸 남은 시를 내주고 싶다고 오랜만에 전화를 하였
다. 염치가 좀 없었지만 그동안의 사정을 말씀드리고….

용기를 내어 컴퓨터 앞에 앉으니 내가 할 수 있는 일은
시집을 묶어주는 것 밖에 없는 것 같다. 행운목의 향기처
럼 동생의 시도 많은 사람들에게 향기를 발할 수 있으면
좋겠다. 출판사의 손정순님께도 감사를 드린다.

— 시집을 묶으며
시인의 누나 여명희

숲속의 방

글쓴이 / 여종구
펴낸이 / 孫貞順
펴낸곳 / 모아드림

1판 1쇄 / 2008년 2월 20일

서울 서대문구 북아현3동 1-1278
전화 / 365-8111~2
팩시밀리 / 365-8110
E-mail / morebook@morebook.co.kr
http://www.morebook.co.kr
등록번호 / 제2-2264호(1996.10.24)

ⓒ여종구
ISBN 978-89-5664-116-4

* 잘못된 책은 구입하신 서점에서 바꾸어 드립니다.
* 지은이와의 협의하에 인지를 붙이지 않습니다.

값 6,000원